JN061331

松本章男歌集

じんべゑざめの歌

——老いらく、京都暮らし——

紅書房

「山の名のしめすごとくに月よいま遍く照らせ広沢の池」

京都市右京区広沢の池畔に立つ著者の歌碑（撮影・水野克比古）

●目次

【付】

じんべゑざめの歌

—老いらく、京都暮らし—

カバー作品・著者
装幀・木幡　朋介

序歌

裕然とじんべゑざめの泳ぎゆく甚兵衛鮫になりたくもあり

心してじんべゑざめを見倣はむけふも穏和でしかも悠々

春歌

朝戸あけて先づは見わたす東山かすみの衣はやまとひぬる

嬉しうれし節気たがはず春はきて新玉の年げに明け初めぬ

しかすがに余寒きびしく霜どけに潤ひたる地（つち）またひびわるる

冴ゆる日は椿葉をうつ雪霰(ゆきあられ)の音きく午後もなほありにけり

風霜を葉の裏にさけて藪椿かくれげに咲く三輪のあか

北窓をうちたる風のトレモロが「雨水」ちかづきいま東窓

野はいまだ枯れ生ながらも見出せりかぐはしき香のすずなすずしろ

春雨に濡るははこぐさ目離れせず葉のビロードの映えひかる見つ

惚けたる名にしおへども草木瓜よ起き出でて疾く朱き花ひらけ

木（こ）の芽はる雨ふる季（とき）となりにけり玉芽いろさす川柳（かはやぎ）の糸

三条のおばしま濡らし川柳の糸より細く春雨の降る

三条大橋

にはうるし大樹に翅果（しか）を見つけたり天の涙か梢のひかる

府立植物園

梅の花さぐるも主(あるじ)いづこやは百鳥(ももとり)なけど百千鳥(ももちどり)みぬ

ウグイスの別名

雪のいろに緑萼で咲く梅の花きはまる無垢のほほゑみこれか

紅梅のふくむるままに時候待ちなほつづけゆく濃さのけなげさ

「東風ふかば」北野の神のみやしろに「花香美（はなかみ）」の名の梅樹なつかし

北野天満宮

銘木は枯れ朽ちにしも馨（かぐ）はしき花の薫りをいまに忘れず

ひさびさに春の雪ふり朝まだき庭の白きに目を洗ひぬる

お水取り言ひならはせし寒もどる「衣更着（きさらぎ）」の名のまことふさはし

修二会

春眠の夜床に冴えのきはまりて暁しらぬ日々の待たるる

春はやて飛蝗（ばった）が原を吹きわたり夏ならぬいまは松毬（まつかさ）の原

京都御苑

花ちかき知らせなるらし青柳の糸よりかけて春風のふく

いかにせばしづごころにて過ごせるや花なき春のひと年もがな

世の中にたえて桜のなかりせば春の心はのどけからまし・在原業平

風なきにいぶかくも散る黄の四ひら壬生菜これまた十字科の花

浮き雲をふんはりと着て東山かすめる空もうららなりけり

白木蓮ははは逝きし日も咲くを見き「白蓮清純大姉」ははの名

青柳に和毛（にこげ）の花を見つけたり桜も知りてひらき初むらむ

山ふかく真木(まき)にひるまず伸び立ちし功(いさを)わすれず咲けやまざくら

今年また京都御苑のやまざくら木末まじりにわたし待ちけむ

この軒へ巣づくりしませつばくらめ電線に二羽こちらうかがふ

塵埃のさとに咲けるも清げにて四顧さはやぐるやまざくら花

心もたば散りいそがざれ桜花あすもやすらふ人たづね来る

ほとけのざ休耕の畝に花つけり気づく折しもけふ灌仏会

白河の花の裔（すゑ）なる糸ざくら神苑にいま咲きみちてけり

平安神宮

白川のむかししのばせ糸ざくらこずゑになみのよるかとぞ見る

しらかはのみぎはになびく糸ざくらこずゑになみのよるかとぞみる・寂然

あやなくも空まで染むる奇（く）すしさよ名立てはいまし紅八重しだれ

神宮は左近桜も由々しくて齢（よはひ）たけたるやまざくらなり

濁り世にとどめおかじと桜花を惜しみつたまきはる風のふく

さくらばな庭も狭（せ）に舞ふひととせの別れを耐へむわりなけれども

新暦の雛（ひひな）あそびに往にし日は咲ききらぬ桃の花活けてけり

桃の花よわきは冬に温室で蕾（つぼみ）かたきを温（ぬる）めればなり

旧暦の雛まつりきて野の桃をさくら散るなか活けるうれしさ

往にし日の柳しだりしあと絶えていま花筏ゆく鴨東運河

吉野なる青根ヶ峰のふところの旧きいほりにやまざくら愛づ

西行庵

西行の心つくして尋ね入りし奥千本の花のすゑやな

花におくれたづね来るひと待つゆゑかなぐさめがほの山吹の花

古へのいぢらしき女（め）のゆかり花あがたの井戸に絶えざらましを

都びと来ても折らなむかはづ鳴く県の井戸の山吹の花・橘公平女　京都御苑

宇治いまし小島の崎も山吹のまぼろしだにも咲きつづかなむ

いまもかも咲き匂ふらむ橘の小島の崎の山吹の花・よみ人しらず

ゆりかもめ気づけば去にし京の川いまさごゐの和ぎ瀬にたたずむ

たまゆらに春雷のこゑ若草を萌やしむる雨しめやかに降る

春雨の降りみふらずみ風おこりさすが零（こぼ）るる軒の玉水

水まかせうちかへされし小山田にめざめうれしやかはづ鳴くこゑ

こまぬかば葎(むぐら)の屋戸となるやらん腰ふたへにて除草はじむる

春ふかみ谷がへりかも鶯のやうやうと鳴くうちとけしこゑ

はからずも端山が径に鉤わらび折りやすげにて立ち止まりぬる

片岡のこのもかのもに岩つつじ夕くれなゐの色ふかめゆく

あまどころ小鈴をつらね交らひて糸繰り草もひらき初めたり

オダマキ

地に垂るる長き房より藤のはな木々のこずゑを鏈（くさ）るむらさき

紫のむらごを愛でむ熊ん蜂なれもくつろげ藤棚の午後

春夏をへだつる花のかきつばた大田の池に紫の濃き

大田神社

天然の春の枯れ葉ぞあらがしの元つ葉おとす季(とき)きたりぬる

花あるがゆゑに短き春は夢まばろしのごと過ぎゆきてけり

春のあはれ今日をかぎりと見わたせば日の沈みゆく西の山かげ

夏歌

ころもがへセルのひとへに兵児帯をしめし若き日よみがへりつる

竹野媛おちゆきし径の古寺に堕国の名えて深見草さく

乙訓寺

山峡はすでに萌黄も緑にてにほどり池にいちは潜きぬ

賀茂まつり腰輿（およよ）に坐すを憧れし幼馴染みは逝きて久しき

一番茶よこめ二十日の若葉をば焙炉師（ほいろし）たちよ揉みあげたりな

夏はきぬ年の端ごとのならひにて植物園に卯の花を見る

京の街ほととぎす来ず卯の花のにほふ垣根も失はれけり

暁の夢のひところゐほととぎす耳朶(じだ)に「京都美化推進局」

「東京特許許可局」

ほととぎす来鳴かざりしも宣(うべ)なうべな静寂(しじま)なき街にこゐ惜しむらむ

葉桜の岸辺はみどり水脈(みを)みれば笹葉藻ゆらゆ鴨東運河

草原にすみれ咲くやと見まがひぬ楝(あふち)はな散るうすむらさきに

楝みれば登りたくなる幹の股にふねを漕ぎにし法師(ほつし)もありき

向ひなる楝の木に法師の登りて、木の股についゐて・徒然草四十一段

真白なるたちばなの花さきぬらん風のはやくも香をはこびくる

たちばなの花の星つぶ掌（て）にうけて夏のスーツにしのばせしかな

香を移す人しなけれど橘の風に散る花あつめにゆかむ

玉三郎ひろひそだてし目白の雛(こ)やまに放ちぬいまはいづかた

菖蒲湯をあがり粽(ちまき)をほほばりし旧き端午のあな懐かしき

端午の夜いともやすらに寝(い)を寝(ね)たる菖蒲枕もわすれざりけり

軒ちかみ垂水(たるみ)の跳ねもしるからん少し立ち退けやまとなでしこ

垣根にはむぐらの露もしげからん少し立ち退けやまとなでしこ・源俊頼

原生の濃きくれなゐをとどめぬる撫子の花あてになよやか

「なでしこ」は女子サッカーのみならで伝へおきたき京都市花の名

梅雨鴉（がらす）とほざかりゆく声たかし朝雲はれてわれも翔（かけ）たや

日数へて降りよわりまた降りまさりさてしも晴れぬ梅雨のなかぞら

長雨に水嵩（みかさ）はいかが鴨川の濁流おもふ日もありにけり

合歓（ねぶ）の木の雨にそぼちていたはしや涙する花にゆきもやられず

並べみるジャガの隊列たのもしき一株の生みし数は十二個

菜園に棘（とげ）いたけれど片身入れて茄子と胡瓜に鋏をつかふ

待ちかねしにいにいぜみも鳴きそめて祇園祭の鉾の真木(まき)たつ

ぬばたまの闇の魔祓ふ宵山ぞ「ろうそくいっちょう献ぜられませ」

祭事はて眠りこけるか鉾町の戸鎖(とざ)しもかたき真昼間の寂(せき)

踏み入るもためらふばかり茂りたりあれよあれよと庭の夏草

土用干し兼ねてなさるる寺宝展いづこを訪はむ暑きにめげず

はりぼての中身は虫干し柿渋をやをらたのしく空(から)ぼてに塗る

くまぜみの羽化を胡瓜の茎に見つこの指つたひ飛び立ちにけり

蚊遣火も蚊帳（かや）とも遠くはなれきて蚊の羽音きく少しなつかし

往にし夏ながめたるなりささがにの捕虫網はる夕べもありき

クモ

緑陰に汗をしぬぐふかそけくも梢をわたる松風のこゑ

蟬すだきレヴェイユ（目覚まし）も鳴りをはりたりぼつぼつ起きて茶を沸かさなむ

滝口に暑さをしのぐ池の鯉さりゆきたるももどり来てけり

露のたま蓮の立ち葉をすべりおちて下の浮き葉にうけとめられぬ

比叡の嶺を包みこむ雲もりあがり夕立の糸せまり来る見ゆ

夕立のなごり著けるにはたづみ雲きれたりな月やどさなむ

遣り水の浅くしぶきて流れくる見るのみだにも涼しかりけり

日はおちぬまだき秋とはおぼえねど淋しくもあるかひぐらしの声

水無月の夏越しの祓へ独りして秋は七夕おくり火を待つ

秋歌

風たちて秋きたるらし掛けものの軸かろやかに床の壁うつ

さりながら日中はなほもあぶら照り秋とはいへど名のみなりけり

荻の葉に目にはみえねどおとづれて秋来たりぬとそよぐ夕風

星合ひに襷となりて天のがは終戦の夜は頭上にありたる

秋の夜を長きものとは星合ひのかげ見ぬ人の言ふにぞありける・能因

新暦の七夕まつり星合ひを見ゆるはずなく意味なさざらん

七夕はふたつの星のものがたり夜空あふぎて聞かばやと思ふ

盂蘭盆会「おしょらいさん」の供膳に蓮葉ほほづき赤きひげ芋

送り火の夜空を焦がすしめやかさ五山を順に見入りてしかな

精霊（しやうりやう）を送りぬる夜の明けきれば薄雲捌（は）けるふかき秋空

穂に出でて人を招くか糸すすき風のわざこそおぼめかしけれ

女郎花（をみなへし）おもひを映えにこめしゆゑ身は折れにしかシトロン・イエロー

秋草の名だての花のをみなへし徒（あだ）に見るまじ折れ臥しゐるを

このごろは「つくつくぼふし」秋蟬をふるき名で聴く「美しよふし」

近づけば声とほざかる庭うつりわれ虫の音にもてあそばるる

聞くままになほ床(ゆか)とほき声なれど秋虫の音の慕はしきかな

林道に匂ひさぐれば出会ひたり玉まく葛(くず)のかぐはしき花

古き碑へいばらつるくさ分けゆけば石だたみには萩が花ずり

宮城野のもとあらの萩にほへども露よりほかに訪ふ人のなき

長き夏をわれに徴(しる)せる百日紅(さるすべり)ちりそめていま露地を染めゐる

時しもあれ野べの千草に玉ひかる節気まさしく「白露(はくろ)」なりけり

名におひて小笹まじりの庭も狭(せ)に気づかされぬる月草の露

かるかやの稈(くき)の弱きぞいたはしき風も吹きあへぬ露の下折れ

夕べには荻のうはかぜ身にぞ沁むさは朝(あした)には萩のしたつゆ

秋はなほ夕まぐれこそただならね荻のうはかぜ萩のしたつゆ・藤原義孝

白鷺の川の瀬に立つ秋風に上毛ふかせてなに侘ぶるらむ

秋空の澄む賀茂川のつつみゆき競走(きそ)ふ乙女らとさはすれちがふ

川床にひとむら映ゆる蓼(たで)の花やすらはむ独り秋のゆふぐれ

ゐごの木の堅き小さき種子つめば掌(たなそこ)におもし数珠つくらなむ

秋の午後ヴィオロンの音のうらかなし風のきたりて芭蕉葉を裂く

陽のひかり酔芙蓉には昼酒や花びらのはやまぶた染めゐる

草花のひとむらの映えありつれば独り憩はむ秋のゆふぐれ

満つる夜のあすにのぶるを羞ぢらふや最中(もなか)の月のかげうひうひし

月はいま居待ちもしくは臥し待ちか暦にあたる夜もすがすがし

秋とてやグラスをば手の寝(い)ねがてに月と更けゆく夜もありにけり

菜園は野分のはてぞいかならむ朝戸をあけて胸なでおろす

見るほどに泊まりはかなし秋の蝶の花なき庭をまよひ舞ひぬる

秋はげに野にあらざるもさびしけり逢ふ魔がときのビルの夕映え

初もみぢまなこ凝らせば葉脈にうごきゆく色の透けてありけり

青やかに生ふるひつちよ小山田のすぎゆく秋をひきとどめなむ

庭も狭はもみぢ未だし遠見する山のこずゑに染まりひとしほ

いにしへの杣(そま)山びとにあらねども鳩ふいてみる秋のゆふぐれ

心なき人にすぎぬるこの身さへただに哀しき秋のゆふぐれ

秋富士の嶺白く冴えてそそりたり麓はうすき横雲のそら

蓮葉にかるがも食めるあと著しやぶれ傘たつ大沢の池

夜ぶかくも衣つくろふ妹あらず綴り刺せてふ虫の音むなし

聞くほどに秋も夜寒になりにけり枕のしたに松虫の鳴く

末の秋これより咲ける花なしと気づけばうれし小菊の白さ

紫をふくめる色にうつろふをこころ待ちせむ白菊の花

秋霧のひとしほ染めしうすもみぢ時雨のやしほ待たるる山里

秋ふかみ野山に彩りたづぬるも柞（ははそ）もみぢに及く冴えを見じ

もみぢ葉にまゆみより濃き色はなきいまこそ染まめ八丁平（はつちやうだひら）

十三夜雲の塵をばはらひつつ夕空わたる月のさやけさ

草の露を玉ともてなし庭の面にかげさやかなる秋の夜の月

雲霧をすだれにかりて隙(ひま)をゆくこころもとなし秋の夜の月

水ならでやどれるかげは澄まなくにわが心にも秋の夜の月

「ピーヒョリホットイテ」と祭列は山国隊の鼓笛の先導

時代祭

神前に三位の文官笏（しやく）をとる時代祭も納めの祝詞（のりと）

平安神宮

練りゆくは「祭礼やさいれ」松明のたばしる火花くらやみをはらふ

鞍馬の火祭

夕霧のもみぢの山にたちこめて保津川くだす櫓の音のする

桂川みなもに月の桂やはかげもとめてむ桂の里に

久方の月の桂も秋はなほもみぢすればや照りまさるらむ・壬生忠岑

いかばかりもみぢの色の移るらん時雨にそぼつ柞林は

雅経の詠みし「かぎりの色」これや櫨（はぜ）も末葉の紅（あけ）のむらだち

あはれさてこれはかぎりの色なれや秋も末葉の櫨（はじ）のむらだち・藤原雅経

秋をやく紅葉の山をたづぬればわれも燃（も）さるる心地こそすれ

朝まだき秋の気色（けしき）の暮れはてて独り浮きぬる有明けの月

葛の葉をひるがへしける風さむみ秋は去ぬめり裏みせしまま

懐かしや畳敷きかへて炉縁はむ若き日なせる炉びらきの朝

さまざまに心のとまる苔の露地おち葉ひろはむ秋の形見に

冬歌

神無月あなしの風ぞ出雲より冬いざなひて吹き来たりぬる

疾(と)く染まりはや散りゆくか時雨にも風にももろき櫨のもみぢ葉

時雨いまは京に降るかひなからまし染まる甍(いらか)の失せけるほどに

冬つぐる木枯らしの声にかへりみる秋来たる朝の風なつかしき

下葉くちし萩のまがきのきざはしを高円（たかまど）の丘の古堂へのぼる

白毫寺

瞠目すけやき並木のこずゑをば朽ち葉ふきあぐる木枯らしの風

残る秋をもとめたたずむ野づかさにいづかたならん夕告ぐる鐘

大樹なり京都は府立植物園たづねみたきは楓(ふう)のもみぢ葉

花なくて一輪挿しに火だすきのドッグウッドの葉ながめきぬ

ハナミズキ

「小雪（せうせつ）」やもみぢたづぬる散策にこれはめづらし山茶花の白

比叡の嶺（ね）を初雪はけり尾根並みはもみぢの鹿（か）の子とどめをりしに

冬仕度いそぐべき日となりにけり山の峡（かひ）おく比良の嶺しろし

冬枯れの野辺のあはれをながむれば秋はなほそのはじめなりけり

霜枯れのははそ小径をゆく人のわれより先に落ち葉ふむおと

冬柳ねむる壕（ほり）はた酒倉のかべ白く映えてさざんくわの紅（あか）

冬の林こがら山がら四十から落ち葉さわがせ跳びちりあひつ

ゆりかもめ昔は京にみえざりしいま親しまれゐる鴨の川原に

小千鳥の賀茂の川原に夕暮れを待ちあらはれて群れる可愛さ

うちつけにみぞれ雪ふる夕まぐれ塾がへりかも子らひた走る

雪舌(せつぜつ)の下りきたるなり小野山に衾(ふすま)かさねむけふの夜床は

今朝みれば小野山白しむべぞころ過ぎぬる夜半の床は冴えける・源頼政

北山の桟敷ヶ岳の峰しろし親王(みこ)の坐したるいにしへ思ほゆ

惟喬親王

おすそわけ美味し米をばつくるくに定家も食みし美作の餅

節気なほ冬にしあれど年かはり何に春みるさは松にみる

青竹に若松いけて金銀の水引を結ひし少年のころ

「寒中」をとふにさきだち「迎春」といはふたてまへ馴染めずに老ゆ

遠き冬こほる夜空に見あげたるスバルのいまも眼底にあり

天象の造化の妙と見とれたり霰(あられ)たばしり坂ころぶさま

ひと株をゆふげのたねに掘りおこす葉むら密なる壬生菜(みぶな)うれしも

防鳥網はる菜そだてる畝に敷けばうらめしげ鳴くひよどりの声

木々の色いまだくすめりおぼつかな採りのこされし柚子の黄の映え

冴ゆる夜はわたる月しもおきたるか悽愴とひかる霜に月かげ

しろたへに凍て立つ富士こそただならね裾野はふぶく横雲のそら

冬空にたわわに垂るる楝の実ガイアの果てを告げ知らすめり

地球

杖の先で水鳥かぞふ「大寒」の運河の水にひざし和らぐ

はだれ雪まぶしき朝のひざしあびて二羽のかるがも川すべりゆく

集落へ雪ひかるみち踏みあとも轍もなくてすずしかりけり

もみぢ葉のしづみつもれる池のそこ緋鯉もありき文鎮のごと

「大寒」の冷えさやかにて雪舌のひき退(しりぞ)きしあとの青空

円居(まどゐ)せし雪丸火鉢なつかしく灰占ひに時をわするる

寒肥をほどこす指のかじかむも急がばや木々は覚めつつあるらし

枝の雪のしづるるごとに色きよむ禅刹の松ゆかしかりけり

鬼やらひ小庭のおもに若草のつのぐむ日々の待たれぬるかな

雑歌 I

琵琶湖よりひきたる水のゆたかにて静かなる流れ鴨東運河

かなしやな衛星の身を侵されて涙がほなる大空の月

来る日ごと草引きすごす何ごとも草に教はる草取り人生

「五月雨をあつめて早し最上川」芭蕉みたるか逆巻く濁流

「象潟や雨に西施がねぶの花」樹はたわみ臥し通せん坊か

「ひとつ脱いでうしろに負ひぬ衣がへ」背中の笈にまるめこみしか

一九九一年、遠藤周作大兄と舟上観月、旧暦九月十三夜

山の名のしめすごとくに月よいま遍く照らせ広沢の池

空海が池畔の山中で月輪観を修した。ゆえに「南無大師遍照金剛」に因んで、山名を「遍照寺山」とよぶ。

同舟中にて、中川善雄師の笛奏

瓠巴（こは）の琴いな笛の音に広沢は月澄みていま魚はねをどる

一九九二年「小倉山頂の忘れ物をJR西日本にお届けする会」を結成せし折

秋も暮れ山の嗚咽の声すなり小倉の峰の残土（ずり）の底より

山陰本線複線化工事で生じたダンプ四万台分の掘削ズリが山頂に放置された。私たちはズリをリュックで搬出、嵯峨駅前に集積する運動をおこなった。

小倉山みゆきあるごと仰がれし面差しもどせ月に紅葉に

小倉山峰のもみぢ葉心あらば今ひとたびのみゆき待たなむ・藤原忠平

むかしより花は吉野よもみぢ葉は小倉山よときこえたりけむ

をぐらやま京の宝ぞ「歴史的風土特別保存地区」なる

もとどりを切られてなほし怯まざる己がみちゆく烏帽子業平(なりひら)

伊勢物語

ふかみぐさ人恋ふ夢にうかび出でて馬頭夫人(ばとうぶにん)の笑みかとぞ思ふ

源氏物語

女郎花つゆけき野べに夜営して朝立ちをせる経正(つねまさ)あはれ

平家物語

峻岳はかくも尊きふしをがむ河童橋から穂高連峰

ジャンダルム吊り尾根も冴え天空を衝きたちあがる奥穂高岳

「ながめせよ」峻岳のこゑ聞こえ来ば登れぬわが身を歎きやはせじ

伽羅香（きゃらか）きえ酔ひざめの身に夜風しむ祇園をあとに白川のみち

巽橋（たつみばし）せんぼん格子の茶屋を出でてとぼとぼ帰る岡崎の里

日は昇るさて「よっとこしょ」宵の間もひと寝入りしてまた「どっこいしょ」

恕(じょ)のひかり不空羂索(ふくうけんじゃく)くわんぜおん三月堂にうるはしきかな

焔(ほのほ)おひて不動みやうおう仁(じん)ならむ護国の寺にありがたきかな

けだかくも鳳凰堂にみそなはす弥陀のまなざし慕はしきかな

今はさは逢坂の関ふみ出でむ来たる勿れとさへぎる関へ

名にしおふはるか勿来の関ゆゑにうたかたのわれ杖を折るとも

震災惨禍をいたみつつ、陸奥

白河の関こえ勿来の関もこえ心はけふも未知の苦の地へ

二〇〇一年「京都・戦争展」に寄せて

戦争の絶ゆる世紀となれよかし平和つちかふちから合はさむ

たまきはる命たつとし今年また「平和のための戦争展」開く

より堅き平和をねがひ今年なほ戦争展のひらかむとする

九条を不滅に維持するためにしも憲法改訂ありえてしかな

鴨川に芸術橋をわたす都市計画、一九九八年八月に撤回さる

数奇のみち架からざる京いまわびしアァ幻のポン・デ・ザール

まこと「世は定めなきこそいみじけれ」口慣らひにて日は過ぎぞゆく

雑歌 II

ちかごろのすずろ歩きに手づくりの使ひふるせし杖ほめらるる

折をりに二本ある杖とりかへる杖にも杖のこころありけり

帽子とび摑まむなへの川面(かはつら)にちりめん皺を風たてぬめり

競ひ合ふ枝の片方断つつらさ「かんにんしてな」庭でつぶやく

森の奥へかそけき径をわれ往かむ樹々の語らふこゑを聞くべく

柞にも葉守の神のやどらなむカシノナガキクヒ虫とらへませ

「四八（よんぱち）」は花のあふるる灌仏会ぬれてかはゆい唯我独尊

花まつりうなゐ子たちへおさがりは飴のおひねり釈迦の鼻くそ

ときわかず花に鳥にといざなはる嵯峨の畑なか畦（あぜ）のほそみち

耳鳴りのこのごろ繁し秋虫のすだきたるかと聞き澄ましをり

歯痛にてピーナツバターなすりつつウエハースをば酒の肴に

年たけて為し遂げざるの多かりき片づくまでは老いなすすみそ

こころ澄む友でありたや西に入り東に出づる息の緒の月

春かすみ夏はうつせみ秋はつゆ冬みぞれゆき消えてはかなや

メモにぎり買ひもの袋ぶらさげてわれおきなさぶスーパーがよひ

物忘れ気に病むことはなかるまじ要なきものから消えゆくやらむ

菜園の土にうそぶく青もののも繁りすぎれば実り少なし

指のあひを少しひろげて米磨げば身もさらされて清まる思ひ

世の中を何にたとへむ出口なきパズルにまがふ図形の迷路

世の中をこれにたとへむ腓（こむら）がへりいつ起こりても「68」が効く

想念をあらましごとに馳するときうちつけに湧く気力のうれし

余所にのみながめしかどもつひに今朝からす襲来ごみの散乱

野菜くず「スモール・イズ・ビューティフル」くちずさみつつ肥料にきざむ

護美ぶくろ積みあげてある整然さこの街おそらくエコ・コミュニティー

禅刹の窓の呉竹うきふしを慷へ正せと諫むるならむ

背くとは比丘となることしかはあれど脱俗せずに世を背くわれ

世の中は淵瀬うつろふ明日香川すめども澄まぬ水の流るる

雑歌 Ⅲ

老いの身になじみがたきが二つあり、モータリゼーション、サイバネーション

人災を未必の故意の生む悲しイノベーションをほどほどにせよ

急ぐほど踏みつぶさるる日の近しいま人類はその蟻の群れ

累卵の地球（ガイア）の急を予告するエコロジカル・フットプリント

瑠璃球の自浄治癒するはたらきを削ぎゆくのみぞ企業開発

欲望におもなれすぎし人類をさらに狂ほす技術革新

小山田の荒れるをいたみ思ひ描くひらちには果樹たなちこそ米

赤字ならばインキ消しもてこすりなむ古川緑波（ふるかはろつぱ）のうそぶき懐かし

地上から舗装道路を無くすればガイアはすこしよみがへるやも

「経済」は濫費と詐取で不経済「けいざいけいざい」叫ばざらなむ

「文化」こそ伸ばすべきなれ「経済」は二十世紀の負のもぬけ殻

自然をば傷めつづける人類へ異常豪雨もガイアの復讐

「立冬」の小春日和もいぶせきは夏の気温で小蜘蛛のダンス

老荘子、朱子に道元はた兼好、その思想いまガイア文へむ

特権の利益に奉仕するなかれ魁(さきがけ)をゆく専門科学者

原発の経緯にもみる諂ひと黙認の生む未来の怖さ

最後まで生き残れりと乾杯のグラスかかげる不遜のやから

先頭を走らなくともよかろうにのんびりつづかう第二集団

道義なき国におとしむ貧富の差ひるまず生きむ老いも若きも

瑠璃球は「開発」忌みて待ちぞゐる「持続不能」な撤退をこそ

一九七〇年の感想、ｅｘｐｏ

瑠璃球の核をむしばむ腫瘍なり千里が丘の表皮増生症

万国のイノベーションを丘のうへにあざわらひ立つ太陽の塔

進歩と調和なんて、ぼくは反対なんだ。太陽の塔は不調和を目指したから、あれは生きてきたんです。（岡本太郎）

毒ガスを聖なる海に埋めしより大量廃棄はじまりにけり

毒ガスのフロリダ沖に遺棄せらるひらかざれ不壊に満腔のわた

一九七〇年八月十八日、四一八個のコンクリート容器に詰められた米陸軍の旧式毒ガス兵器は、第二次世界大戦時代のリバティー型輸送船ル・バロン・ラッセル・ブリックス号もろとも、フロリダ沖四八〇キロ、深さ四八〇〇メートルの海底深く沈められた。

船はまず船尾から半分すこしまでゆっくり沈んだ。次いで船倉に大量の水がはいり、白い泡を吹き出しながら、三〇秒たらずで波間から消えていった。二隻の曳船が鋭い汽笛を鳴らして廃船に別れを告げた。

沈没作戦班の将校によると船は沈んでいったが、海底にぶつかったさい、大きな音が約二分間にわたってつづいたという。

海神(わたつみ)の諌むるやらんハリケーンさらに竜巻はた猛雪も

二〇〇五年、ハリケーン「カトリーナ」がニューオーリンズを襲いしとき

恋歌

才媛は七月六日きみとわたし十日おくれてサラダ記念日

閻浮（えんぶ）の身いぶせかりけりしかはあれど心は君に離（か）るることなし

往にし世は老いも若きも比丘までも恋の歌をば詠みこぞりたり

譬喩にいふ浜の真砂は数ふれど恋の思火は数へつくせず

人まねの恋にも老いを忘れうるむかしは翁なべて恋ひけり

あかつきの鶏（とり）のね聞けばきぬぎぬに別れし慣らひいつ起こりけむ

きぬぎぬの帰るさこぼす涙ありてやどりしやらん「道芝の露」

みをつくし見えぬがほどの涙川むかしの人はわたりたるなり

鴨川に橋なきむかし高足（たかあし）で川瀬をわたり忍び逢ひきと

竹馬

京郊の逢坂（あふさか）かねて契るなか恋路に越ゆる関でもありしが

逢坂の名をばとどむるトンネルをいまは「のぞみ」の迸（はし）り去りゆく

つばくらめ来ばゆりかもめ去りぞゆく世はかくあるを歎かざらまし

現にも夢にもかかげを見る人にしばしは逢はでありたきものを

老いごころ紛るるやらんわくらばに清しき人を目にとめてみる

見ぬ人をかぎりなきまで恋しきは前世に契れるゆかりありしか

見ぬ人のほのかなかげをしるべにて夢路の恋にまどひぬるかな

いつもいつも人をば思ひすごしゐる昨日も今日もおそらく明日も

独りおもふ老いに似つかふ寄るべなき逢ひも見もせぬ恋をするかな

形なく恋はうつろふものなりき恋ありてもののあはれをも知る

いかにせば恋てふことを知りつくし宵よひごとに寝をやすく寝む

いさやまだ恋てふことも知らなくにこやそなるらん寝こそ寝られね・よみ人しらず

物思ふを知らるまじきとなまじひに人め慎みきありぞかねつる

物思ふと人に見えじとなまじひに常に思へりありそかねつる・山口女王

ささがにの蜘蛛のふるまひ見たるには姫ならねども待たざらなくに

わが背子が来べき宵なりささがにの蜘蛛のふるまひかねて著しも・衣通姫

今しなほ契らむ日々を待つ身には徒(あだ)となるまじ佐野の舟橋

上野(かみつけ)の佐野の舟橋とりはなし親は離(さ)くれどわは離(さか)るがへ・よみ人しらず

思ひ人かならず来べし宮城野のもとあらのはぎ折られず待たな

宮城野のもとあらの小萩つゆをおもみ風を待つごと君をこそ待て・よみ人しらず

一昨日(をととひ)は昨日を待ちてけふ逢へば明日をまた待つ愛(いと)し君かな

一昨日も昨日も今日も見つれども明日さへ見まく欲しき君かも・橘文成

夏の夜は難波の蘆のふしのまぞ思ひ寝(ぬ)る夢のあたら短き

難波潟みじかき蘆のふしのまも逢はでこのよを過ぐしてよとや・伊勢

年ふれどこの世にてこそ恋ひわぶれかひなき名をばなほのこすとも

この世には年はふれども恋ひわびてかひなき名をやなほのこすらむ・慈円

ぬばたまの眠られぬ夜の浅き夢におもかげに立つ人のありけり

わが思ひ決めかねしゆゑ雲となり雨となりにし人を忘れず

遠き日に人を離(か)れたる悲しみのうちつけになほ噴きあがりくる

幸せはわれとひきかへてその人にあれと念ぜり過ぎし徒恋

寄涙恋

老いぬとて涙の川を堰きもあへず心ならひになほ流すわれ

寄橘恋

たなそこに橘の花うけとめていつかは君が移り香にせむ

寄月恋

立ち待ちも居待ちも夜空ながむれど月は曇りて待つ人も来ず

寄風恋

君待つに耳するはただ小夜ふけて松にそよめく秋風のこゑ

寄葛恋

人の離(か)れわれは枯(か)るとて葛(くず)のごと葉うらみせつも這ひまとはなむ

寄露恋

あへなくも夜おく露に身をかへて君が朝たつ庭に消えなむ

寄夢恋

寝(い)ねがてにせめて憂き世のなぐさめと夢みるを待つ夜のむなしさ

寄関恋

来る勿(なか)れ人とむるとも不破(ふは)の関やぶり勿来(なこそ)の関に到らむ

寄橋恋

今宵また往ぬる夜のごとわたりたし願ひとどくや夢の浮き橋

寄山恋

比叡のみね京の富士とぞいはれけむその山よりも高き恋せむ

寄春恋

消えやらぬ雪の下にも色みせてわれこそ萌ゆれ若草のごと

寄夏恋

立ち寄りて涼みする人あらばやな岩井の清水くみかはしてむ

寄秋恋

独り臥し鳴きかはしつる虫の音をあやにくに聞く長き夜わびし

寄冬恋

夕しぐれ染めのこしたる木の葉なき人の心にいかに残らむ

傘寿にて老いらくの恋うちつけに萌したりけり秘めて洩らさず

たまぼこの道のはたてに恋なれぬ身を枝折りつつ恋路へと入る

逢ひがたき恋ぞ命となるやらむ時をわかたずもの思へとて

わりなくも人恋ひつるを思ひ火の叶はねばこそくすぶりはすれ

老いらくの夢路を恋に沈めども涙ばかりは浮きてとまらず

眷恋（けんれん）はつるくさのごと伸びぞゆく忍びしのびに八十路あゆまむ

老い恋を記録しゐるか倶生神（ぐしやうじん）かたおもき日に肩なでてみる

翁さび恋ひわたる身に櫂（かい）はなくしづくもみぬを人な嗤（わら）ひそ

忍びがたく便りせむとや迷ふごと思ひうかぶは蘇武（そぶ）が雁ぶみ

涙をも涸らし岸べに立ちみれど老いをいざなふ澪標（みをつくし）なし

悶え死にして後の世はしらずとも生きてしるしを見たくもあるかな

わたつ海（み）の水ことごとくあびるともこの老いの火の消ゆるかはやは

心緒歌

原風景わが思ひ出のとばくちに琵琶湖疏水は鴨東運河

われ在りき自然のために江山の洵美(じゅんび)なりたる自然のなかに

老子頌(しょう)うはべ飾らずありのまま自分をみせて寡欲(かよく)に生きむ

欺瞞みちて建前になる世の中はとにもかくにも虚しかりけり

エコライフ志しつつも今しなほ利便なる日々に面馴(おもな)るるわれ

生きるには食(は)みつづけねばならぬとは思ひわづらふ厄介なこと

過ぐるより及ばぬがよし暮らしにも足らざるはまた余るにまさらむ

花ありて月すめばよしこの心ほかにはものの入る余地なきに

賑はひに身を隠すべき世なるかな草むす鄙(ひな)こそ人に知らるれ

地獄とは有るや無きやを頑是なき幼きころは考へてゐた

はてさてな神は仏は人になほ心の奥におはしますかや

心なき身は浄土には往けずとも摂取不捨なるほとけ援けむ

人の問ふ汝(な)が宝とはと宝などもたぬ心がわが宝なり

あへていはば日ごと目にする京の山そのすがたこそ宝には似れ

生まれつき涙もろきが涙腺の震災以降うるむばかりぞ

この世には親を亡くせる身空こそまこと生きるに独り立ちすれ

そのゆゑに老残の身をさらすわれ娘ふたりに申し訳なし

きのふ在りし人のけふ亡きおどろきにわが老いの身の洩るるるをば責む

わが思ひ知らせばやとぞのぞむほど聞かうむきなく人の離れゆく

わが思ひ秘めおかむとぞねがふほど探らうとてか人の寄り来る

詐らず人おとしめずそれのみが老いらくのなほ矜持なりけり

世の中を背かですごす人に問ふ憂き身のこころ曇らざるやと

世の中を背きへだたるこころには憂き身わすれて曇るものなし

世の意にも情けにもまた適はぬを覚(さと)らばそこに生きる道あり

花に染むこころ保たば身は古れど老いをば疎(うと)むいたづらもなし

月を観(み)てこころにひかり澄ますなば濁りにまどふいたづらもなし

山里に散るもみぢ葉をあはれとも観るこころにはいたづらもなし

心より自然とつねに相和（あひわ）して「回光返照（ゑくわうへんせう）」「同気相求（どうきさうきう）」

春は花こころの奥の心もて四方（よも）の山べを見わたさばやな

夏きなばあやめは匂ひたちばなも昔しのばせ薫るうれしさ

秋は夜なかばを年のすぎぬれば傾ぶく月もあはれなりけり

冬さむみ心のあとはつかねども雪ふみそむる朝ぼらけかな

行く雲も流るる水もとどまらず雲にのりまた水と流れむ

うらうらと死なんずる日の来るまでは心ばかりを独りなぐさむ

うらうらと死なんずるなと思ひ解けば心のやがてさぞと答ふる・西行

心にはさして思ひのなきとてももののあはれは秋のゆふぐれ

老耄(らうもう)のこころに迷ひ失せにけり本来無一物(ほんらいむいちもつ)にちかづく

死後のわれ京をときをり尾の上から雲ともなりて眺めてしかな

われ還る地(つち)のかたへに咲き出でよ夏はなでしこ秋をみなへし

あとがき

齢九十ともなって初めてまとめた歌集です。

地球上に生息する脊椎動物のなかで、ジンベエザメこそは最も温順な性格の存在ではないだろうか。私はそういう先入観にとらわれるところから、このサメをしばしば意識のなかに顕現させ、このサメを相手として語りかけるような感覚で、自作の歌をつむいできています。変哲な題名をつけた所以なのです。

私は幼くして花鋏を手に育ちました。大学生だったころの私は、伝統の生花を活けるかたわら、前衛挿花すなわち「オブジェ」の制作にいそしんだものです。ぽつりぽつりと短歌をひねりはじめたのは中年となってから。和歌をば早くから賞美していたものの、自分で短歌を詠もうとしなかったのは、自然に湧きあがる創造意欲をオブジェ制作に癒やされていたからに思えます。

本書に見ていただく初詠は、「雑歌Ⅲ」の末尾に収めた、一九七〇年の万国博二作と毒ガス廃棄の二作。そして、本書では多くの歌が古稀以降につむいだ作によって占められています。

短歌を詠むとき先賢の二つのことばをも私は念頭においてきました。

一つは「和歌はうるはしく詠むべきなり。古今集の風体を本として、心にも付きて優におぼえむその風体の風理を詠むべし」。西行のこれはことばです。

いま一つは「ことばは古きを慕ひて用ゐるべし。心はその古きことばのなかに新しきを託すべきなり」。こちらは藤原定家がのこしてくれている寸言です。

私詠の語句が古めきがちなのは、この二つの諭しを拳拳服膺してきているから。読者のなかには、馴染みの淡い語句に遭遇されたとき、私がどのような意味を託してそのことばを用いているか、辞書に当たって考えてみてくださる方もいらっしゃるでしょう。それこそ作者として冥利に尽きる欣幸です。

かてて加えて、和歌は古来、「四季歌・恋歌・雑歌」に三大別されてきており、西行は「中にも〈雑〉の部を常に見るべし」と勧めています。本書はその〈雑〉を「雑歌・心緒歌」に分割したのですが、私もとくに「雑歌・心緒歌」を吟味してくだされればと願っている次第であります。

さて、生花にかんする歌をも詠んでいるので、カバーにも用いてもらった、青年期の創作行為である格花一点・オブジェ一点の写真を、このあとに添えてみました。オブジェの素材は母校京都大学の芹生演習林で枯朽した古木です。薪にされて空しくストーブの灰と化すのは可哀想。晴れ舞台に立たせてやろう。そんな思いの制作でした。

さらに添えた〈付〉について。

本書に収めた短歌中、「広沢の池」と「小倉山」を詠じている二首のみは早くから知られてきています。この二首から詠作の背景が伝わる資料を集めれば、おのずから敷衍して、読者の諸詠理解にも供するだろう。［付］は紅書房の菊池さんが、そのような考えのもとに立案・蒐集してくださいました。

なお、最後に一言を。拙著は『京都うたごよみ』以来、『西行』『歌帝後鳥羽院』『恋うた』『心うた』の計五冊が木幡さんによる装幀。木幡朋介さん、今回も端正な装幀をありがとう。そして、菊池洋子さん、数かずのお心くばりをありがとう。

二〇二一年九月

松本　章男

格花・ねこやなぎ（一九五三年）

オブジェ「遊魂」(1956年)

京の四季がたり

（松本　章男）

和歌を好む随筆家のつむいだ腰折れ短歌を見ていただく。京都の春夏秋冬を、私のその短歌でスイングしてみよう。

春はやて飛蝗（ばった）が原を吹きわたり夏ならぬいまは松毬（まつかさ）の原

京都御苑に探梅をした折だった。御苑には夏の盛りにバッタが群れる草広場があって、微笑ましくも「バッタが原」と標識が立つ。気づけば、春一番が吹き荒れて日は浅い。なるほどと、いちめんに転がり散る松ぼっくりに見とれた私。

梅の花が褪（あ）せ、鴨川堤にシダレヤナギの浅緑が冴える。柳の糸が雛鳥（ひなどり）の和毛（にこげ）のような尾状花（びじょうか）をつけるのを合図に、サクラの花どきが来る。

京の春は、桜吹雪を惜しんで生じた心の虚しさを、次つぎと花咲いてくれるヤマブキ・フジ・ツツジ・カキツバタなどに癒される日日となる。

春夏をへだつる花のかきつばた大田の池に紫の濃き

賀茂の神への帰依心をもつからだろう、大田の沢のカキツバタは花の色が清い。藤原俊成がそう詠じた原生の花の血を、沢から変じた池にいまなおとどめて、カキツバタは紫の冴えをみせてくれる。

賀茂祭すなわち葵祭から、京の夏のテープは切られる。カキツバタは名の発音に境界を意味する「垣」を含むが、折から上賀茂の摂社、大田神社の池にこの花は満開なのだ。

たちばなの花の星つぶ掌にうけて夏のスーツにしのばせしかな

ウノハナ・オウチ・タチバナが順に咲く。タチバナの花は星のごとくきらめく小さな粒。風が散らすその花をポケットに秘めたのは、《さつき待つ花たちばなの香をかげば昔の人の袖の香ぞする》の情趣を慕うからだった。

ぬばたまの闇の魔祓ふ宵山ぞ「ろうそくいっちょう献ぜられませ」

長い梅雨が明けて祇園祭。山鉾が巡行する前夜、宵山がにぎわう。「ぬばたま」はアヤメ科の多年草、ヒオウギの種子。往日、京娘は夜の魔除けに真っ黒なこの種子を緒にとおしてネックレスにした。和歌で「むばたま」は夜・闇・黒髪などをひきだす枕詞。宵山にはヒオウギが生け花として活けられる。コンチキチンの鉦の音と溶け合い、蠟燭の献灯を善男善女に勧める町娘たちの声も、山鉾の神具を飾る町会所からしめやかに聞こえてくる。

現行暦では八月七日か八日が節気の立秋にあたる。盂蘭盆会と五山の送り火が秋にむかえる最初の行事。夜空を焦がす「大」の字に合掌して数日後、法師蟬が鳴きはじめる。

このごろは「つくつくぼふし」秋蟬をふるき名で聴く「美しよふし」

王朝の京都ではこの蟬の声がウツクシヨーシとも聴かれていた。

秋雨前線がわざわいして中秋の名月は隠れることがしばしば。そこで旧暦九月十三夜、「後の月」が京都では賞美されてきた。

山の名のしめすごとくに月よいま遍く照らせ広沢の池

広沢は嵯峨の池。背後の小山を遍照寺山とよぶ。南無大師遍照金剛。その昔、小山の麓、池畔に、弘法大師の教えを学ぶ遍照寺が存在した。広沢の池に小舟を漕ぎ出し、月の出を舟上に待った十三夜の腰折れである。

もみぢ葉にまゆみより濃き色ぞなきいまこそ染まめ八丁平

和歌ではハゼとマユミの紅葉がとりわけ愛でられている。京都の北山連峰にはマユミが自生する。八丁平は連峰の奥、周囲八丁の湿地である。京都各地の紅葉を賞玩しつくされた人びとに、この湿地を囲む山容の紅葉をお見せしたい。

夕霧のもみぢの山にたちこめて保津川くだる櫓の音のする

晩秋には、対峙する嵐山と小倉山の峡間、保津川に朝霧・夕霧がたちこめる。これは遊覧船。尽秋が告げられているかと櫓の軋みを耳底にとどめたのであった。

奥山の木々を染めつくした時雨が京の街までおりてくる。冬の到来だ。

時雨いまは京に降るかひなからまし染まる甍の失せけるほどに

京都はかつて、瓦屋根の家々が縦並び・横並びに整然と列なる街がまえであった。在りし日に、冬時雨が甍の波を染めてゆく光景をデパートの屋上から目にして、その美しさに涙したことがあった。

ひと株をゆふげのたねに掘りおこす葉むら密なる壬生菜(みぶな)うれしも

これはアブラナ科の冬野菜。ミズナ同様の株に育つが、ミズナは葉に切れ込みがある。ミブナのほうは披針(ひしん)形の葉に全く切れ込みは生じない。私は小さな自家菜園で三十年来、好物のこの伝統野菜を育ててきた。やや苦い香りがあって、味のよさがえもいわれない。

冬枯れの野辺のあはれをながむれば秋はなほそのはじめなりけり

年が改まり、大寒の京郊外の野辺を歩くとき、この腰折れの感懐をますます深くする。

鬼やらひ小庭のおもに若草のつのぐむ日々の待たれぬるかな

いよいよ節分。吉田神社・壬生寺(みぶでら)をはじめ、京都では節分の伝統行事も盛んである。「つのぐむ」の意は、勢いよく芽を出す。赤鬼・青鬼の角(つの)から春の芽吹きを連想したのだが、これは牽強付会(けんきょうふかい)と一笑されてしまうだろうか。

「サライ」(二〇一三年十月号)より

詩歌に詠まれし、古都の錦繍―小倉山

小倉山しぐるるころの朝なあさな昨日はうすき四方のもみぢ葉　藤原定家

「歴代上皇は歌人を乗せた船で桂川を上り、渡月橋のあたりから小倉山を遠望して歌を詠ませました。数々の名歌が生まれ、歌人は小倉山をいかに詠むかを競うようになったのです」

松本章男さんによれば、掲げた和歌は56歳の定家が嵯峨野の草庵に逗留し、ひと時雨ごとに小倉山の稜線から麓におりてくる紅葉の色づきを目に詠んだものという。

小倉山ふもとに秋の色はあれや梢の錦かぜに絶たれて　西行

「西行が嵐山の法輪寺に籠った折の一首で、寺からは高く聳え立つ愛宕山を背にした小倉山が間近に見晴るかせます。しかし、堂籠りを終えてみれば、もう木枯らしの季節。麓は見えないが、まだ紅葉があってほしいという歌です」

西行のこの一首を踏まえて詠んだのが定家の前首。その本歌どりの極意について、定家は「詞は古きを慕い、心は新しきを求め、及ばぬ高き姿を願ってうたう」、それが達者のわざだと——。

この里はいつ時雨けん小倉山ほかに色みぬ峰のもみぢ葉　　藤原家良

「家良は『新古今』後の歌壇で第一人者と目された人物です。小倉山の峰は紅葉しているのに、この嵯峨の里は木々の色づきが浅い。時雨はまだこないのかと。時代は後ですが、家良は定家の前首の1週間ほど前の景色を詠んでいます」

松本さんはこのようにもいう。

「小倉山は下流から見ると、お盆を伏せたようにぽこっと丸く見えます。その山に月が陽が隠れると、嵐峡から嵯峨野一円が瞬時に〝小暗く〟なる。だから〝おぐらやま〟の名がついたともいわれます」

「サライ」筆者・佐藤俊一（二〇〇七年十月号）より

月の光は広沢の池

（松本　章男）

開口一番、「松ちゃん、嵯峨で月見をしようや」。平成三年九月初め、東京から、遠藤周作大兄の不意の電話であった。

秋は未だし。時宜として適っていないが、この月見について書かせていただく。古来の月の名所といえば、信濃の更科や瀬戸内の須磨・明石など。ところが《更科も明石もここにさそひきて月の光は広沢の池》と慈円が詠じているほどで、平安末期ごろから京都では嵯峨広沢の月が大いに賞美されてきた。遠藤大兄から一任されて私は、後の月見、場所を狐狸庵からも遠くない広沢の池と定め、保津川くだりの高瀬舟を一艘、トラックで池まで運んでもらうことにした。

中秋の名月は秋雨前線に隠されてしまう年がしばしば。後の月は天候にわざわいされることが滅多にない。この平成三年は十月二十日が後の月、旧暦九月「十三夜」にあたっていた。中秋を回避したのは結果的に正解だった。

大兄の遺されている「『深い河』創作日記」から一文を拝借する。

十月二十日（晴）——文字通り秋の長雨の後、久しぶりの晴。［中略］十時八分の新幹線にて京都に赴く。友人たち国際ホテルに投宿。月見の時間にはまだ余裕があるのでタクシーにて京都芭蕉庵に赴き、庵の裏にある蕪村の墓を拝す。

五時、嵯峨の家〔狐狸庵〕に行く。先着した順子を拾って広沢の池に。ようやく月が雲より現われ、月見に絶好の夜となった。船頭、竿をたぐり池畔の葦の近くに船を停めて、中川（善雄）先生の笛を聴く。月光波にゆれ、森のなかで鷺の声が時折鋭くきこえ、満天の星、笛の調べ、幻妙。言葉につくせぬ一時間だった。船は池を一周して岸に戻る。一同狐狸庵に戻って夜餐、談笑。十時に散会。


月見は、私の家内もお相伴にあずかり、十二名となった。雲から逃れ出る月を待った舟上で、私は《山の名のしめすごとくに月よいま遍く照らせ広沢の池》と一首をひねった。池の背後の小山を遍照寺山とよぶ。その昔、池畔に、弘法大師の教えを学ぶ遍照寺があった。お遍路の笈摺の背の「南無大師遍照金剛」の文字までふと浮かんで、体をなした腰折れである。

中川善雄師は和笛の名人。月光が池面に冴えるなか、舟の舳先に立って、横笛と篳篥を吹き分けてくださった。舟底にコトコト音がして飛沫がたち、鯉や鮒が寄ってきた。跳ねあがった小鮒一匹が私の膝に落ちてきた。

『平家物語』「大臣流罪」の段は、清盛によって東国へ流された太政大臣師長が琴に秀でていたと述べ、「瓠巴琴を弾ぜしかば、魚鱗躍りほとばしる」と語る。瓠巴は楚の国の人で琴の名手だったと伝わる。この人が琴を奏でると鳥が舞い魚がおどったと『列子』にみえる。広沢の池の魚も名人の笛の音に歓喜してくれたのだ。

大兄の代表作『沈黙』は新潮社の刊である。嵯峨の狐狸庵はその印税で建った。大兄が平成八年九月二十九日に他界されて、「『深い河』創作日記」も載る『遠藤周作文学全集』は、これまた新潮社から刊行されている。

大兄が狐狸庵で使っていられた仕事机を、形見として、順子奥さまから私は拝領した。今はすっかり私の仕事机になっている。私のこのたびの新著二冊*も、形見の机で書きあげた。不思議なことに、この机で原稿紙にむかい呻吟するさなか、虚空から「松ちゃん、頑張れよ」と、大兄の声が届くのを覚える。背後から大兄に覗きこまれている気がすることもある。今回もそういう感応がたびたび起こった。

私は仏教徒。天国ではキリスト教も仏教も隔てなく流通しているだろう。いつの日かパウロ遠藤と逢えるかもしれない。

順子奥さまから聞きおよぶところ、月見から東京へ帰られた大兄は、数日後から、遺作となった『深い河』の本格的な執筆に入られたそうである。

「波」(二〇〇三年六月号) より

＊『和歌で感じる日本の春夏』『和歌で愛しむ日本の秋冬』新潮社刊。

設置された歌碑と立て札＝京都市右京区

「ため池百選」認定 広沢池に記念歌碑

今年3月に農林水産省の「全国ため池百選」に選ばれた京都市右京区の広沢池に記念の歌碑が建てられ、除幕式が行われた。歌碑には同市左京区の随筆家、松本章男さん(79)が詠んだ広沢池にちなんだ短歌が刻まれている。

広沢池は東西南北約300メートルの灌漑(かんがい)用ため池。近くの遍照寺建立と同時期に池が掘られたことから遍照寺池とも呼ばれ、桜や月の名所として知られている。

歌碑には「山の名の　しめすごとくに　月よいま遍く照らせ　広沢の池」と刻まれ、広沢池を見下ろす遍照山の名のように、月が池をあたりくまなく美しく照らしてほしいとの松本さんの思いが込められた。

歌碑の隣には、藤原定家や後鳥羽院など歴史上の歌人らが、広沢池をイメージして詠んだ短歌12首が書かれた立て札も設置された。

松本さんは「歌碑を見て広沢池からの素晴らしい月を多くの人に眺めてほしい」と話している。

「産経新聞」（平成二十二年十月二十七日）

広沢月詠（松本章男撰）

古への人は汀(みぎは)にかげ絶えて月のみすめる広沢の池　源頼政

宿しもつ月の光のををしさはいかにいへども広沢の池　西行

月きよみみやこの空も雲きえて松風はらふ広沢の池　寂蓮

更科も明石もここにさそひきて月の光は広沢の池　慈円

散る花に汀のほかの影そひて春しも月は広沢の池　藤原定家

広沢の池にやどれる月かげや昔をうつす鏡なるらん　後鳥羽院

ながめする月の桂のあとまでもひとつにすめる広沢の池　藤原為家

池よりも北なる山の松風になほ広沢の月ぞくまなき　二条為重

月はいま山のあらしもあと絶えてしづかに澄める広沢の池　三条西実枝

天のはら雲なき四方の月かげも残らずやどる広沢の池　肖柏

いづくにも月はすめどもわけてなほ光はここぞ広沢の池　相玉長伝

ふけゆけば氷のうへに月冴えて鴨が音たかし広沢の池　木下幸文

著者歌碑に並ぶ立て札に記された広沢池をイメージして詠んだ歴代歌人の歌十二首。（京都市右京区広沢池畔）

小倉山頂の忘れ物をJR西日本にお届けする会

京都市右京区嵯峨の小倉山で、市がJR西日本のトンネル工事による残土の搬出断念を認めたことが波紋を広げている。

忘れ物

「小倉山頂の忘れ物をJRにお届けしよう」。こんな呼びかけに、五日、市民約七十人が集まった。山道を一時間ほど登って着いた山頂付近は、グラウンドを思わせる広大な平地だ。面積約四・七ヘクタール、土砂量は約二十万立方メートル。大型トラック四万台分にあたる。

参加者は真っ黒ながれきを持参したリュックや袋に詰め込み、ふもとのJR山陰線嵯峨駅へ。待ち構えたJR本社員の面前で、土砂約百五十キロを積み上げ、「花壇の土にでもしてほしい。これ以上のごまかしは許さない」と迫った。社員側は受け取りを拒否したが、結局、近くのJR施設に保管することにした。

搬出登山を呼びかけた随筆家松本章男さん（六一）は、「市民が動くしかない。今後も毎月第一、第三土曜日に続けていく」という。

旧国鉄が小倉山で山陰線のトンネル工事に着手したのは一九八二年。八八年までに原状復旧すると約束したが、工事の遅れや搬出先の見込み違いに加えて、ＪＲが八九年に営業運転を開始したため、暗しょうに乗り上げた。

同社建設工事部は「見通しの甘さは否定できないが、沿線自治体から早期開業の強い要望もあった」と弁明。新旧両線の列車運行のすき間を縫っての搬出や、トラック利用も検討したが、いずれも十―二十年ほどかかり、新たな環境破壊などを引き起こすため断念した、と説明する。

松本さんは、ＪＲが八九年十月に「搬出は困難」とする回答を市に出していた点を指摘、「初めから搬出する気などなかった」と批判する。

「あうん」

京都市は、ＪＲの復元計画を十一月十一日に許可した。その直前の二日、同社の井手正敬社長が田辺朋之市長に「ご迷惑をかけました」と陳謝し、「景観保全に役立ててほしい」と三億円の寄付を申し出た。

市は、これを景観基金に組み入れ、将来、小倉山周辺の景観の維持に役立てるという。ところが、ＪＲ側は工費を明らかにしておらず、三億円の算定根拠についても、「あうんの呼吸」（井手社長）と言葉を濁すばかり。住民の間では「搬出断念でＪＲ側の負担は相当軽くなったはず。三億円はそのための『解決金』ではないか」との疑念が広がっている。

井手社長らＪＲ幹部を古都保存法違反で京都地検に告発した、ふもとの常寂光寺の長尾憲彰住職は「三億円はペナルティーとしても軽すぎる。五億円の不正献金を二十万円の罰金で済ませた佐川急便事件と似たようなものだ」と怒る。

「誠意」を強調

「全社員が参画して山で木を植えたい」。許可後間もない十一月十六日、大阪市北区のＪＲ西日本本社での記者会見で、井手社長はＪＲの「誠意」を強調した。しかし、住民側は反発を強め、京都市も議会で「遺憾な発言」と言わざるを得なかった。

田辺市長はこれまで、大文字山山ろくの違法開発問題で行政代執行による原状回復に乗り出し、ポンポン山のゴルフ場計画も不許可にするなど、周辺の三山の保全に強い姿勢を見せてきた。許可を発表した記者会見で、基本政策とのズレを指摘された市長は「景観を守る気持ちに変わりはないが、ほかに方法がない」と強調した。「枕草子で小倉山を山のランクのトップにすえた清少納言が、このありさまを知ったら激怒するでしょう」。古都の変容を嘆き、四月に「京都百人一首」を出版した松本さんは、小倉山をしのぶ歌をよんだ。

秋もくれ　山の嗚咽（おえつ）の声すなり　小倉の峰の残土（ずり）の底より

「朝日新聞」〝時時刻刻〟筆者・扇谷純（一九九二年十二月六日付）

●著者紹介

松本 章男（まつもと あきお、1931年〜）
京都市生まれ。京都大学文学部フランス文学科卒業。
元人文書院取締役編集長。著述業、随筆家。
2008年、『西行 その歌 その生涯』で第17回やまなし文学賞受賞。

主な著書

■京の裏道　平凡社
■四季の京ごころ　筑摩書房
■京都の阿弥陀如来　世界聖典刊行協会
■京都うたごよみ　集英社
■京都で食べる京都に生きる　新潮社
■京の手わざ 石元泰博写真　学芸書林
■小説・琵琶湖疏水　京都書院
■メジロの玉三郎　かもがわ出版
■京都百人一首　大月書店
■美しき内なる京都　有学書林
■親鸞の生涯　大法輪閣
■京料理花伝　京都新聞社
■花鳥風月百人一首　京都新聞社
■古都世界遺産散策　京都新聞社
■京の恋歌 王朝の婉　京都新聞社
■法然の生涯　大法輪閣
■京都花の道をあるく　集英社新書
■京の恋歌 近代の彩　京都新聞社
■新釈平家物語　集英社
■京都春夏秋冬　光村推古書院
■西国観音霊場・新紀行　大法輪閣
■道元の和歌　中公新書
■西行 その歌 その生涯　平凡社
■歌帝 後鳥羽院　平凡社
■業平ものがたり『伊勢物語』の謎を読み解く　平凡社
■和歌で感じる日本の春夏　新潮社
■和歌で愛しむ日本の秋冬　新潮社
■恋うた　百歌繚乱　紅書房
■心うた　百歌清韻　紅書房
■万葉百歌　こころの旅　集英社新書

松本章男歌集　じんべゑざめの歌　奥附
著者　松本章男＊発行日　二〇二一年十一月十二日　初版
発行者　菊池洋子＊印刷所　明和印刷＊製本　新里製本所
発行所　〒一七〇-〇〇一三　東京都豊島区東池袋五-五二-四-三〇三
info@beni-shobo.com　https://beni-shobo.com
紅(べに)書房
電話　〇三(三九八三)三八四八
FAX　〇三(三九八三)五〇〇四
振替　〇〇一二〇-三-三五九八五
落丁・乱丁はお取換します
ISBN978-4-89381-350-3
Printed in Japan, 2021